Les Cordes Graves.

Du même Auteur :

ARIEL.

SONNETS ET CHANSONS, un volume in-18.

LOUISE,

Poëme, un volume in-32.

Typographie de Vanackere, Grande-Place, 7, à Lille.

LES

CORDES GRAVES,

PAR

M. N. MARTIN.

PARIS,

PAUL MASGANA, ÉDITEUR,

GALERIE DE L'ODÉON, 12.

—

1844.

A SON ALTESSE ROYALE

MADAME LA DUCHESSE D'ORLÉANS.

MADAME,

Puis-je m'enhardir jusqu'à oser espérer que Votre Altesse Royale, qui a daigné naguère agréer la dédicace d'*Ariel*, voudra bien me pardonner d'usurper le même honneur pour ces *Cordes graves?* N'êtes-vous pas toujours, Madame, le symbole le plus gracieux de la jeune Poésie que nous servons? — Jadis, hélas! ce gracieux symbole n'était que celui de l'Espérance! Il est de plus aujourd'hui celui de la Douleur la plus noblement résignée et du plus vertueux exemple. Cette douce lumière du Devoir et de la Vertu qui brille mieux qu'une couronne sur le front de Votre Altesse Royale, sera l'excuse de la téméraire mais respectueuse admiration qui me pousse à mettre sous la tutelle de votre nom vénéré, un livre où j'aurais voulu rendre hommage au Devoir et à la Vertu.

Je suis avec respect,

MADAME,

DE VOTRE ALTESSE ROYALE,

le très-humble et très-obéissant serviteur,

N. MARTIN

AVERTISSEMENT.

Presque tous les morceaux qui composent ce nouveau Recueil ont paru depuis deux ans dans la *Revue de Paris*, dans l'*Artiste* et dans *Les Beaux-Arts*. J'aurais pu facilement former une gerbe plus lourde. Mais notre époque a le goût rebelle à la Poésie : il ne faut la lui servir qu'avec mesure et choix. Cette réserve convient d'ailleurs à la muse, trop délicate et trop légère pour porter un lourd bagage.

La fantaisie domine moins ici que dans *Ariel* et *Louise*. Le titre de ce petit livre révèle les inspirations qui l'ont fait naître : tout y est sérieux et grave; on n'y voit qu'un sourire, celui de la nature. — Seule, la nature a le droit et le pouvoir de conserver éternellement l'aimable insouciance de la jeunesse.

Ce volume n'a pas besoin d'une plus longue préface. Il me convient aussi peu d'en profiter pour trouver des mérites à mes vers que pour appeler l'indulgence sur leurs défauts. Ce livre ne provoque que des jugements sincères, les seuls dignes du caractère de la critique et de la majesté de la poésie.

N. MARTIN.

Octobre 1844.

HYMNES.

HYMNES.

I.

A LA PATRIE.

A Son Altesse Royale Monseigneur le Prince de Joinville. *

Autel que l'on dépouille et qu'il faudrait orner,
Autel d'où l'on écarte au lieu d'y ramener,
Patriotisme, hélas! dont les flammes trop pâles
S'éteignent sous les mains des tremblantes Vestales,

* Ces vers ont été écrits en 1841. S'ils exprimaient alors le froissement et la plainte de notre orgueil national, ne peuvent-ils pas s'élever aujourd'hui comme un hommage d'admiration et de reconnaissance vers le jeune et populaire vainqueur de Tanger et de Mogador?

Où l'âme des héros ne plane plus qu'en deuil,
Où le vieux glaive dort comme sur un cercueil,
Où des drapeaux penchés le vent tire une plainte,
Je t'embrasse aujourd'hui d'une plus vive étreinte.

Blanche statue, on dit que ton marbre insulté
Fait place au nouveau Dieu qu'on nomme humanité;
On dit que ton saint culte était une hérésie,
Et qu'il nous faut rougir de cette idolâtrie.
— Proscrivez donc aussi le culte des tombeaux,
Des pieux souvenirs et des riants berceaux!

Vous aurez beau chanter, bardes socialistes;
Vous aurez beau parler, avocats optimistes,
Et vous, comédiens fardés de dévoûment,
Derrière votre peur retranchés lâchement,
Qui du manteau troué d'un faux patriotisme
Voulez en vain cacher l'ulcère d'égoïsme :
Vous ne pourrez jamais rendre égaux à nos yeux
Le sol de l'étranger et le sol des aïeux;
Vous ne verserez pas aux langues étrangères

Ce miel qu'a seul pour nous l'idiome de nos mères;
Vous ne pourrez jamais détruire dans les cœurs
Ni le fiel des vaincus, ni l'orgueil des vainqueurs;
Vous ne changerez pas l'instinct des vieilles races,
L'histoire fume encore de leurs sanglantes traces;
Laissez les nations marcher dans leur chemin,
Ou, pour les réformer, changez le cœur humain.

Conservons, conservons les vertus anciennes,
L'ombrageuse fierté des âmes citoyennes,
Le respect des grands noms, trésor du souvenir,
Chaîne dont le passé nous lie à l'avenir.

II.

A LA FAMILLE.

J'ai chanté la Patrie en citoyen pieux;
Je chante la Famille en fils religieux.
Oui! Patrie et Famille : est-il pour une lyre
Une plus sainte muse, un plus noble délire?
Pour unir les mortels en robustes faisceaux
Est-il des noms plus doux et des liens plus beaux?
L'antiquité l'a dit, nourrice qu'on délaisse,
Et de sa bouche d'or ruisselait la sagesse.
Mais pourquoi remonter dans les âges anciens?
Rappelons-nous ce cri des Sauvages indiens,
Ce cri du cœur jeté par un peuple unanime,

Aux vainqueurs étonnés de le trouver sublime :
« Dirons-nous donc aux morts : Ossements, levez-vous ;
» Ossements paternels, marchez et suivez-nous? »

Mourons pour le Pays, vivons pour la Famille;
A nos foyers divers que ce double feu brille!
Qu'il enflamme l'enfant, ranime le vieillard,
Fasse battre le cœur et luire le regard!
Comme un bois résineux alimente la flamme,
Que sans cesse l'amour vienne électriser l'âme!
Resserrons, il est temps, les nœuds trop relâchés;
Ramenons dans leur lit les fleuves épanchés :
Se dilater épuise, et se mêler altère :
Famille et Nation meurent par l'adultère.

Femmes, qui pouvez tout pour le bien ou le mal,
Vous, dont un seul regard nous lie au sol natal,
Qui d'un mot, d'un sourire, et souvent d'un caprice,
Enfantez la vertu, l'héroïsme ou le vice;
Femmes, qu'on peut nommer Providence ou Destin,
Tant votre empire est grand sur le bonheur humain,

Pressez-vous à l'entour du foyer domestique;
Nous y suivrons en chœur votre grâce pudique,
Nous y rattacherons nos vœux et notre orgueil
Qu'un mirage trompeur égara loin du seuil.

Les vertus sont des sœurs qu'une harmonie enchaîne;
La famille est le gland, la patrie est le chêne;
Femmes, de la Famille enchantez le lien,
Car toujours le bon fils sera bon citoyen.

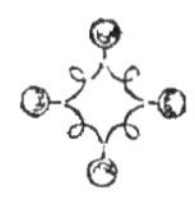

III.

A L'ART.

Pour orner la Patrie et charmer la Famille,
Que l'Art, fleur du génie, éclate, embaume et brille !
Poursuivant l'idéal, d'un regard éternel,
Que l'artiste inspiré lève les yeux au ciel ;
Comme Apollon conduit par les Muses décentes,
Qu'il enchaîne à ses pas les foules frémissantes ;
Qu'il soit religieux, grave, doux, vénéré :
L'Art est un sacerdoce, et l'artiste est sacré !

Pour lui seul la nature, aux profanes voilée,
Détache sa ceinture et rayonne étoilée,

Comme la nuit pudique, ombrageant son contour,
Se découvre sans crainte aux yeux chastes du jour.
Dans quel ravissement l'œil ardent du génie
Perçoit la forme alors, la couleur, l'harmonie!
O lévites élus, contemplateurs du beau,
Qui vous courbez sur lui comme sur un flambeau,
Craignant qu'un souffle impur n'en corrompe la flamme,
Et, pour la protéger, l'aspirant dans votre âme,
O lévites élus! tout ce qui tend au ciel,
Mais rampe hélas! sans aile en cet exil mortel,
Tous les élans sacrés que le corps vil comprime,
Ont, pour planer vers Dieu, votre extase sublime.
Vous servez d'interprète entre son peuple et lui,
Comme autrefois Moïse, aux flancs du Sinaï,
Montait à Jéhovah, et de l'ardente nue
Descendait, le front ceint d'une flamme inconnue.

— Marchez donc couronnés de gloire et de respect!
Que le passant ému s'incline à votre aspect;
Qu'il sente, électrisé d'une subite flamme,
Qu'un éclair de votre âme a jailli dans son âme!

Au foyer, sur l'autel, par toute la cité,
Allumez un rayon de sévère beauté !
Sculpteur, que ta statue à l'œil qui la contemple
Dans un marbre vivant étale un noble exemple ;
Peintre, que de Platon le précepte honoré
Te guide : que le Beau soit la splendeur du Vrai ;
Et vous, musiciens, que votre doux génie
Excite le travail aux sons de l'harmonie ;
Et toi, du grand concert la plus puissante voix,
Poète, chante à tous avec tous à la fois !

Pour orner la Patrie et charmer la Famille,
Que l'Art, fleur du génie, éclate, embaume et brille !
Poursuivant l'idéal d'un regard éternel,
Que l'artiste inspiré lève les yeux au ciel ;
Comme Apollon conduit par les Muses décentes,
Qu'il enchaîne à ses pas les foules frémissantes ;
Qu'il soit religieux, grave, doux, vénéré :
L'Art est un sacerdoce et l'artiste est sacré !

IV.

AU DEVOIR.

Lyre des doux accords et des molles chansons,
Pourquoi tant fatiguer la corde aux graves sons ?
Est-ce le sombre hiver, qui, de son doigt de glace,
Attriste ainsi la corde où soupirait la grâce,
Lui qui, de leur azur décolorant les jours,
Chasse avec le printemps le rêve et les amours ?
Ou le cœur palpitant du Poète qui t'aime
Sous un espoir déçu s'est-il brisé lui-même ?
Non, la lyre est rêveuse, et tendre, et fraîche encor ;
Non, ce qui l'assombrit n'est pas le vent du nord ;
Non, le malheur n'a pas abattu le Poète,
Mais de son cher Pays son âme est inquiète,

Comme l'oiseau des mers, qui pressent l'ouragan,
Rase les flots gonflés du farouche Océan,
Et d'un cri prophétique, incessant et sauvage,
Avertit les nochers menacés du naufrage;
Ainsi fait le Poète : — Aux murmures confus
Sortis des nations et des hommes émus,
A l'air plus électrique, aux fronts penchés plus sombres,
Aux sinistres éclairs qui sillonnent les ombres,
Au bien qui se resserre, au mal qui s'élargit,
A l'égoïsme impur qui de partout surgit,
Il pressent l'avenir tout chargé de tempêtes,
Et voudrait l'empêcher d'éclater sur nos têtes;
Il crie, il crie en vain — Cassandre aussi criait
Lorsque sur Ilion la ruine planait;
Il invoque les noms dont l'âme est attendrie,
Et dont l'honneur s'émeut : Art, Famille et Patrie,
Triple autel protecteur qu'embaumera l'espoir
Tant qu'on y brûlera l'encens pur du Devoir.

— O jeune efféminé qu'une mouche indispose,
Sybarite que blesse une feuille de rose,

Sous le plus léger poids courbant le dos plus bas
Que l'on ne voit ployer sous tout l'Olympe Atlas ;
De ton peu de vertus pour toi même j'ai honte,
Et de te savoir homme au front le sang me monte.
Mais non, tu n'es pas homme, Eunuque sans vigueur,
Foyer privé de feu, corps où manque le cœur!
Être homme, c'est marcher noblement dans la vie
Sans écouter l'appel de chaque molle envie ;
C'est, foulant d'un pied fier les cailloux du chemin,
Se montrer constamment plus grand que son destin ;
C'est être digne et fort, c'est être Providence
Pour la femme timide et pour la faible enfance ;
C'est être le haut chêne au milieu des forêts :
L'oiseau s'abrite en lui, l'arbuste croît auprès.

Oh! rejette bien loin toute lâcheté vile ;
C'est crime d'exister parasite inutile.
Porte ton œil inerte alentour ; tu vas voir
Que chacun suit un but, accomplit un Devoir,
On couronne son sort d'un dévouement sublime :
Notre premier bonheur est notre propre estime.

Et quand on l'a conquise en courageux soldat
Sorti cicatrisé mais plus beau du combat,
Quand, après les labeurs d'une carrière pleine,
On rentre vers le soir afin de prendre haleine,
On se couche en sa gloire ainsi que le soleil,
Et, joyeux, l'on s'endort d'un plus calme sommeil.

V

A TOUS.

L'homme est mûr, le vieux monde éclate, la Parole
Sur les ailes du Droit d'un pôle à l'autre vole;
Lazare ressuscite, et de son froid tombeau
Sort, les regards fixés sur un soleil plus beau.
Nations, nobles sœurs, oh! respectez la France,
La terre d'action, la terre d'espérance,
La mère généreuse et le peuple martyr,
Arrosant d'un sang pur tout germe d'avenir.
Le cœur seul mène au but, le cœur et non le nombre,
Que peuvent mille bras s'il tâtonnent dans l'ombre?

Peuples, que direz-vous d'aveugles voyageurs
Qui dans le grand désert tueraient leurs conducteurs,
Ou d'un souffle imprudent éteindraient par envie
Le flambeau qui les guide et protége leur vie?
Ce flambeau c'est la France, et ces voyageurs, vous,
O Peuples aveuglés, imprudemment jaloux!
Nations, nations, écoutez le Poète,
Toujours impartial, et quelquefois prophète.

Rois, princes et seigneurs, rocs toujours assiégés
Par le flux grossissant des peuples insurgés,
Rocs surgissant toujours, noirs, au sein des abîmes,
Sous le feu des éclairs et les vagues sublimes,
Au lieu d'alimenter la tourmente des flots,
Apparaissez de loin aux pâles matelots
Comme une île de fleurs où l'aile du navire
Aborde, en bénissant l'ombrage et le zéphire.

Riches, mal conseillés par l'égoïste orgueil,
Craignez de vous dresser vous-mêmes un écueil,
Où de vos sots mépris la coupable arrogance

Rencontrerait un jour le peuple et sa vengeance.
Songez qu'il lui suffit du fardeau de ses jours,
Pour envier sans cesse et menacer toujours,
Sans que l'éclat moqueur d'un faste qui dédaigne
Insulte à chaque instant sa pauvreté qui saigne.
Songez qu'il est plus fort aujourd'hui que jamais;
Que si vous trônez haut, sur de plus hauts sommets
Il a monté naguère, et lancé dans l'abîme
Ce qu'il nommait orgueil, oppression et crime.
Il avait renversé le noble, bon seigneur,
Pour gémir sous les pieds des financiers sans cœur!
Au rameau qu'il coupa, trop fier mais doux ombrage,
Maint rameau parasite, au stérile feuillage,
Succède, et tire à soi la sève qu'il corrompt,
Et l'arbre social périt sur son vieux tronc!

Et toi, Peuple français, mobile comme l'onde,
Grand Peuple émancipé que contemple le monde,
Trop grand pour qu'on te flatte et qu'on t'abuse encor,
Sois toujours généreux, enthousiaste et fort!
Libre des anciens jougs, Peuple vaillant et brave,
De ta légèreté surmonte aussi l'entrave!

Sois vainqueur de toi-même, et juge lentement
Afin de ne porter qu'un juste jugement,
Et Dieu te versera le rayon qui féconde,
O grand Peuple français plein du destin du monde !

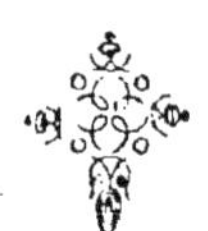

ÉPITRES.

A SC[illegible]

Les[illegible]

[illegible]

[illegible]

[illegible]

[illegible]

[illegible]

[illegible]

[illegible]

[illegible]

ÉPITRES.

I.

A SON ALTESSE ROYALE M.me LA DUCHESSE D'ORLÉANS.

Le coup qui vous atteint frappe toute la France,
Princesse : votre époux était son espérance.
Ceux mêmes dont le cœur rêve un autre drapeau,
Se prosternent, émus, devant ce grand tombeau
Où s'engloutit, hélas ! à l'aurore de l'âge,
Tant de valeur précoce et de royal courage !
Pour l'honneur du Pays il avait combattu ;
Il nourrissait son cœur d'une mâle vertu ;
Il allait répandant son or et sa jeunesse,

Et, prodiguant sans fin, s'enrichissait sans cesse :
Calme, ardent à la fois et toujours généreux
Comme un vrai fils de France issu des anciens Preux.
— Seigneur, qui l'aviez fait digne de la couronne,
Pourquoi le moissonner sur les degrés du trône?

Pleurez, Princesse, avec ce malheureux Pays,
Pleurez votre époux mort — et songez à ses fils,
A ses fils qui vivront pour consoler leur Mère,
Pour grandir inspirés par l'âme de leur Père,
Pour accomplir son œuvre, et pour le remplacer
Dans l'amour de la France heureuse d'embrasser,
Au bord de ce cercueil mouillé de tant de larmes,
Ce berceau plein d'espoir — où veilleront nos armes.

14 juillet 1842.

II.

A UHLAND.

J'ai repris ton volume, ô maître de la lyre!
Et tes vers m'ont ravi dans le féerique empire.
Tout un monde charmant de rêves et de fleurs,
Frais Eden émaillé de naïves couleurs,
S'est réveillé d'abord à ta voix de poète
Dans la vierge splendeur des premiers jours de fête.
Le pompeux moyen-âge avec ses chevaliers,
Les faucons ravisseurs et les nains familiers,
Les tendres troubadours aux douceurs énervantes,
Les trouvères moqueurs aiguisant leurs sirventes,
A mes yeux éblouis passaient, chantaient en chœur,

Fantômes évoqués par ton luth enchanteur.
Puis, la scène changeant, une rumeur lointaine
Naît, grossit; les bergers accourent dans la plaine;
Aux accords amoureux l'aigre cri des clairons
Succède; des fusils brillent au haut des monts;
Et dans ces champs fleuris, si paisibles naguère,
Descendent tout à coup le carnage et la guerre.
Ton vers lui-même alors, s'allumant aux combats,
Domine dans les rangs les sinistres éclats
Du tocsin, des canons; et tes strophes sanglantes
Raniment des guerriers les âmes défaillantes;
Puis lorsque fume encor, de martyrs encombré,
Ce doux sol libre enfin, ce sol deux fois sacré,
Un hymne qu'on croirait écrit sur le lieu même
Rend grâce au Dieu vengeur — et c'est ton chant suprême.

As-tu jeté ton luth, en ce jour solennel,
Aux flots ensanglantés du fleuve paternel?
Croirai-je qu'à l'aspect de son poète en armes
Ta muse pour toujours a fui, pâle d'alarmes?
Car ta lyre se tait depuis plus de trente ans

Et ton cœur reste sourd à l'appel des printemps.
On dit que dans Stuttgard, ta fumeuse patrie,
Ce qui fait désormais ta grave rêverie,
C'est le Droit, le Droit seul, et que sur ton bureau
On ne voit en honneur que discours de barreau,
Et le code tout fier d'étaler sur la table
D'un Poète divin, son ennui respectable.
O déplorable erreur d'un noble dévoûment!
O de nos jours troublés fatal aveuglement!
Politique ennemie, onde impure et perfide
Qui mêles ton limon au flot le plus limpide,
Et qui du chantre ailé, douceur du souvenir,
Ne fais qu'un orateur qu'oublîra l'avenir!

Uhland, n'as-tu jamais, lorsque la vigne pleure
Et qu'un zéphyr chargé de vifs parfums t'effleure,
Lorsqu'un sang attiédi bat ton cœur oppressé,
N'as-tu jamais senti le regret du passé?
Le soir, n'as-tu jamais, lorsque des mains ferventes
Plantaient le mai d'espoir au seuil de leurs amantes?
Senti vibrer en toi la fibre des beaux jours

Où s'immortalisaient tes rustiques amours?
La nuit, lorsqu'à travers ta fenêtre et ses voiles
Glissait furtivement un rayon des étoiles,
Quelque mélancolique image d'autrefois
Passant entre tes yeux et le livre des Lois,
N'a-t-elle donc jamais mouillé la froide page
D'une larme honorant le poète et le sage?

Mais ce doute est cruel et peut-être offensant;
Pardonne, maître austère, à ce cœur frémissant
Qui, sans cesse ébloui d'une douce chimère,
S'irrite au seul penser d'une muse éphémère,
Et, trop prompt à juger ce qu'il ne peut savoir,
Allait te faire un tort d'accomplir un devoir.
Oui, pareil aux Germains, tes courageux ancêtres,
Qui, pour venger un mort ou pour punir des traîtres,
Quittaient le seuil natal et, rivant dans leur chair,
— Gage de leur serment, — une chaîne de fer,
Juraient de la porter avec persévérance
Jusqu'à ce que le sang assouvît leur vengeance;
Pareil à ces Germains, peut-être as-tu juré

D'imposer à ta muse un silence sacré,
Jusqu'au temps où vos Rois rempliraient la promesse
Arrachée à la peur en des jours de détresse.

Oh! que r'ouvrant enfin ton cœur longtemps fermé,
Il brille sans retard sur ton sol tant aimé,
Ce généreux soleil qui fait les âmes fières
Et fertilise encor le sein fécond des mères!
Que ses tièdes rayons, dorant tes cheveux blancs,
D'un libre et long bonheur couronnent tes vieux ans,
Et puissent nos enfants, beau vieillard centenaire,
Suspendus à ta voix, t'honorer comme Homère!

III.

A ANDERSEN.

Dans tes calmes forêts, sur tes brumeuses grèves,
Rencontres-tu toujours l'essaim joyeux des rêves,
Andersen, frais chasseur, que des Elfes dansants
Entraînaient autrefois dans leurs chœurs inconstants,
Comme un roi du caprice et de la fantaisie
Dès l'aube poursuivant la libre Poésie?
As-tu toujours ton arc, ce souple esprit vainqueur
Dont les rapides traits s'enfonçaient dans le cœur?
Es-tu le même encor qu'au temps où la misère
Te nourrissait d'espoir comme une tendre mère
Endormant ta douleur, trop lente à s'assoupir,

Au chant révélateur d'un meilleur avenir?
La corde de ta lyre est-elle, hélas! brisée?
Ne vois-tu plus le ciel dans un pleur de rosée?
Les échos de tes bois sont-ils muets? les vents
Ne murmurent-ils plus dans tes sapins mouvants?
Non, tu chantes toujours, ô Poète! et sans doute,
Fier de son noble enfant, le Danemarck t'écoute.
Femmes et jeunes gens, avides de tes vers,
Les lisent pour tromper l'ennui des longs hivers;
Et même les vieillards que, seul, le Passé charme,
Essuyant sur leur joue une furtive larme,
Sentent battre leurs cœurs, comme au temps des amours,
Quand ta muse redit la Saga des vieux jours.

A Paris, Panthéon où toute gloire aspire,
Un bon vent a porté quelques sons de ta lyre,
Et ton nom s'est inscrit sur les tables d'airain
Parmi les plus beaux noms du chant contemporain.
Tu le vois, ton génie est l'hôte de la France;
Dis-lui donc aujourd'hui ta joie et ta souffrance,
Ainsi qu'un pèlerin, au coin de l'âtre admis,

Laisse voir tout son cœur à ses nouveaux amis.
Tout ton cœur est rempli par la muse immortelle,
Et nous parler de toi sera nous parler d'elle.
Je le sais et j'attends, avide du récit.
— Toi-même, curieux de ce que font ici
Tes frères les chanteurs, tu liras avec joie
Ce croquis ébauché que sur eux je t'envoie;
Car des moindres détails sur les objets aimés,
Surtout sur l'art divin, nos esprits sont charmés.

Lamartine, envolé du limon de la ville,
A regagné l'azur de son beau lac tranquille :
Cygne qui se fait aigle, hélas! — mais dans ses bois
Retrouve la douceur de ses chants d'autrefois.
Cloîtré dans Port-Royal, Sainte-Beuve médite,
Et la Muse sans cesse y vient tenter l'ermite;
L'ermite de son mieux résiste et se défend :
Il succombe parfois — qu'il succombe souvent!
De Vigny d'une main qui jamais ne se lasse,
Aiguise et repolit sa finesse et sa grâce :
S'il tarde à dévoiler un chef-d'œuvre nouveau,

C'est qu'il concentre en lui tous les rayons du beau.
Hugo l'académique apporte sur ses aîles,
Au lieu de chants nouveaux, éditions nouvelles;
J'oubliais que le Barde a lu, ces derniers jours,
De politique vague un rayonnant discours.

Des généraux guidant la poétique armée,
L'ardeur aventureuse est, tu le vois, calmée.
Sous leurs tentes, rêvant l'occasion d'éclat,
Ils dédaignent par trop le vulgaire combat,
Tandis que, profitant de ce mépris superbe,
Dans les champs glorieux d'autres glanent leur gerbe;
Car des milliers de bras levés de toutes parts
S'efforcent de ravir les sacrés étendards.

J'arrête cette épître, à l'élan trop lyrique,
Que pourrait égarer un récit pindarique.
Elle s'élève à l'ode, et l'ode me fait peur;
Le vertige me gagne à la moindre hauteur.
J'aime mieux les vallons, les simples causeries,
Que les pics orgueilleux, les hautes rêveries;

J'aime mieux, comme toi, doux Poète amoureux,
Et l'humble violette, et le chaume fumeux,
Et la neige sans bruit tombant dans les vallées,
Et les vieillards au seuil des fermes isolées;
Et ces aspects si doux me sont encor plus chers
Lorsque je les contemple au prisme de tes vers.

IV

CONSEILS.

Venir me parler de la ville
Quand vous pouviez parler des champs !
A quoi bon d'un soin si futile
Troubler vos loisirs nonchalants !
Entre les grappes de vos treilles
Cueillez plutôt les plus vermeilles !
Dans l'herbe molle du verger
Songez plutôt à vendanger !
De l'arbre secouez les pommes,
Oublieux de ce vain Paris
Et de son cahos de grands hommes
Que vous savez être petits.

Plaignez les bois qui s'éclaircissent
Et les vallons qui se flétrissent ;
Regardez les blanches vapeurs
Monter du chaume des pasteurs ;
Pénétrez-vous des fraîches brises ;
Suivez les courses indécises
Des lévriers et des chasseurs ;
Entrez dans les vieilles églises,
Comme en ce bon temps de candeur
Où vous étiez enfant de chœur,
Et — miracle de votre femme ! —
Que l'humble foi parle en votre âme.
Pour être fort, pour être grand,
Reprenez votre cœur d'enfant ;
Aspirez en vous la nature ;
Et tout ainsi glanant, rêvant,
Avec une gerbe plus mûre
Vous reviendrez plus triomphant.

Je crois vraiment que je sermonne ;
Mais aussi d'un sujet pareil

Pourquoi remplir une colonne,
Lorsqu'avec une fleur d'automne,
Avec un rayon de soleil,
Vous pouviez fêter mon réveil !
Qu'on a bien dit que les poètes
Sont nés pour toujours dépister
Les poursuivants de leurs musettes,
— Muets lorsqu'ils devraient chanter,
Mais jamais las de regretter !

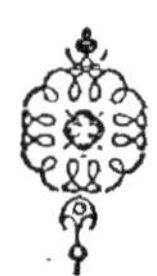

V.

A M. ALFRED DE MUSSET.

Alfred, de toutes les douleurs
La plus sombre et la plus cruelle,
Répondez-moi, n'est-ce pas celle
A qui Dieu refuse les pleurs?
Alfred, le plus morne silence,
Répondez, n'est-ce pas celui
Du poète lassé qui pense
A son rêve qui s'est enfui
Sur l'aile de son espérance!
Cette douleur et ce silence

Sont-ils vos hôtes aujourd'hui,
Cher Poète que notre France
Avec orgueil citait jadis
Comme un aimable et dernier fils
Du plaisir et de l'inconstance?
Vous êtes paresseux, dit-on;
Et vous nous l'avez dit vous-même
Avec un charme et sur un ton
Qui fit pardonner ce blasphème.

Hélas! ami, de jour en jour
L'homme appauvri se désempare
D'une espérance et d'un amour,
Et son cœur devient plus avare.
Le cœur est une mer d'abord
Dont chaque flot se gonfle et fume,
Qui s'élance et jette à son bord
Les débris, la perle et l'écume;
Puis, sous tant d'efforts affaissé,
Il s'assoupit voilé de brume,
Et ce n'est plus qu'un lac glacé.

Epoque étrange que la nôtre
Où, d'un bout de l'Europe à l'autre,
Ce que tente l'effort humain
Expire au début du chemin.
Serait-ce que notre vieux monde
N'a plus qu'une sève inféconde,
Comme l'arbre — qui doit mourir —
Sans fruit se consume à fleurir?

Voilà notre mal, ô Poète!
Oui, voilà le secret vautour
Qui ronge votre âme inquiète,
Plus que la paresse ou l'amour.

J'ai mis le doigt sur la blessure,
Et votre cœur en a frémi :
Le doux baume de la nature
Peut seul vous guérir, noble ami.
— Entendez-vous ce cor de chasse
Qui retentit au fond des bois?
N'est-ce pas la meute qui passe

Poursuivant le cerf aux abois?
La sueur et le sang ruissellent
Des flancs du noble fugitif;
Ses genoux épuisés chancellent;
Les yeux des chasseurs étincellent
Rêvant déjà ce roi captif....
— Mais quelles naïves cadences,
De hautbois et de chalumeaux!
C'est le signal joyeux des danses
Pour la jeunesse des hameaux.
Les mains s'enlacent en corbeille;
Les pieds unis frappent le sol;
L'écho des collines s'éveille:
Ami, c'est votre frais Tyrol!
C'est lui! montez sur la montagne
Où s'accomplit le chaste hymen
De l'ombre chère à l'Allemagne
Et du soleil italien;
Et là, debout dans la lumière,
Le sein gonflé de liberté,
Laissez planer votre paupière

Sur ce beau pays habité
Par l'innocence et la gaîté ;
Et, comme un roi de cet Empire
Qu'un vif azur borne à vos yeux,
Comme un jeune roi de la lyre,
Chantez à la face des cieux !
Mouillez d'une larme divine
Chaque vers de l'hymne attendri ;
Puis descendez de la colline
— Et votre cœur sera guéri.

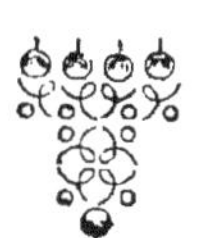

VI.

A MICKIEWICZ.

Être Poète, aimer, chanter, rêver toujours;
Chasser d'un souffle heureux les lourds ennuis des jours;
Au front sombre des nuits allumer une étoile;
Sur les mers de l'esprit tendre une blanche voile;
Réveiller un écho dans les cœurs assoupis;
Comme le vent d'orage incline les épis;
Sous sa puissante voix faire ondoyer les têtes,
Et planer comme l'aigle au-dessus des tempêtes;
Apaiser d'un accord les grands flots courroucés
Que charme le doux bruit des rhythmes cadencés;
Quand des peuples déchus s'éteint la noble flamme,

La rallumer soudain à l'éclair de son âme;
Chercher parmi la foule un beau front virginal
Pour le ceindre à jamais d'un rayon d'idéal;
Ainsi que Prométhée, animer la statue;
Dire: non! à la Mort, et briser sa massue;
Flétrir d'un vers vengeur le crime et les tyrans;
Rendre plus grands encor tous ceux qui furent grands;
Et tirer de son cœur et de son grand génie,
Comme Dieu, du cahos, un monde d'harmonie;
Être poète, ami, quel sublime destin!
Et quelle royauté dans ce néant humain!
Et ce sort est le tien, ô farouche Poète!
O noble cœur saignant! ô grande âme inquiète.
Ces foudres, ô Konrad, comme Odin rayonnant,
Tu les lances du haut du Valhalla tonnant;
Et les bas-fonds obscurs où ces foudres éclatent
Se peuplent vaguement de soldats qui combattent,
D'étendards déchirés, mais que ne rendent pas
Des guerriers abattus dressant encor leurs bras;
L'air siffle, le canon gronde, le clairon sonne:
La Pologne succombe, et ton âme frissonne.

Mais elle n'est pas morte, et ne doit pas mourir!
Souviens-toi du phénix, ô poète martyr!
Souviens-toi de Lazare et du Christ qui réveille
Dans le cercueil muet cet ami qui sommeille;
Souviens-toi de toi-même: — Aujourd'hui fugitifs,
Tes frères bien aimés, comme autrefois les Juifs,
Répètent dans l'exil un chant qui les console,
Et ce chant, ô Poète! est ta sainte parole,
Ta parole d'espoir qui leur parle toujours
Du sol de leurs aïeux, du sol de leurs amours,
De leurs anciens héros, de leur jeune vaillance,
Et du plus beau des jours, du jour de délivrance.

Ce jour luira: le monde est en travail du Droit,
Ce roi de l'avenir, ce magnanime roi,
Qui sur la terre enfin, conquérant pacifique,
Rendra justice ainsi que le Minos antique.
Sous sa verge inflexible et sous son jugement,
Se rangera le monde harmonieusement.
En comblant les vallons et nivelant les cîmes,
Il sera juste aussi pour les peuples sublimes.

Heureux alors, heureux les grands peuples vaincus,
Fidèles, dans l'épreuve, aux anciennes vertus !
Et, puisque dans leurs cœurs vit toujours l'espérance,
Heureuses, entre tous, la Pologne et la France !

Brille, aurore sacrée, et sors du sein des nuits,
Comme autrefois Vénus des flots épanouis.
Non, la noble Vénus était trop parfumée,
Mais sors comme Pallas qui jaillit tout armée !
Qu'à ton aspect chacun dise : Voici le jour !
Et s'élance enflammé de courage et d'amour !
Alors soyez bénis, peuples dont les cœurs saignent,
Alors soyez unis, et que vos mains s'étreignent ;
Alors soyez vainqueurs, alors soyez cléments !
— Et vos bardes en tête entraîneront les rangs,
Créant et célébrant la dernière épopée,
Dans une main la lyre et dans l'autre l'épée.

VII.

A M. LE DIRECTEUR DE LA *REVUE DE PARIS*.

Par Apollon, Monsieur Bonnaire,
Pour nous soyez plus débonnaire;
Ouvrez votre cœur aux chansons
Et votre Revue aux Pinsons!
Ouvrez; le grand mal qu'un poète,
Colorant votre prose, y jette
Son vers limpide et musical
Comme un vin pur dans le cristal!
Ouvrez; le grand mal qu'une abeille
Dépose dans votre corbeille

Un rayon de son miel doré
Cueilli sur l'Hymette sacré.

Hélas ! reine découronnée,
Pauvre Muse, vous êtes née
Dans un temps mortel au rêveur,
Temps d'industrie et de vapeur !
Le monde a bien d'autres affaires
Que de songer à vos mystères !
L'égalité sur le chemin
Fait retentir son pied d'airain ;
Et partout où ce pied lourd pose,
Hélas ! il écrase une rose.

VIII.

A ARSÈNE HOUSSAYE.

A ces vers exhalés comme un parfum rustique
    Des bois qui les ont inspirés,
A ces vers qu'un écho de fraîche idylle antique
    Dans ta voix claire a soupirés,
Je veux répondre au nom de tes amis poètes,
    Captifs, hélas! dans ce Paris
Où, lorsque sur ton front chantent les alouettes,
    L'été n'a que poussière et cris.
Merci pour ce tableau qui nous rend la nature!
    Merci pour ce frais souvenir!

Mais plains-moi d'échanger contre un si doux murmure
Le triste présent d'un soupir.
Mon âme est morne, ami; ses anciennes hôtesses,
Les espérances, chœur léger,
Chœur charmant et léger, aux trompeuses promesses,
M'ont quitté comme un étranger!
Plains-moi, car de tous ceux que ta lyre convie
Sur le sein puissant et sacré
De Cybèle qui donne et retire la vie,
Mon cœur est le plus ulcéré!
Nul n'aurait plus que moi besoin de vos retraites,
Grottes noires, vastes forêts,
Où du cerf fugitif les blessures secrètes
Peuvent du moins saigner en paix!
Nul n'aurait plus besoin de méditer à l'ombre
L'énigme terrible du sort
Qui fait jaillir le jour du fond de la nuit sombre,
Et l'âme du fond de la mort!
Nul n'aurait plus besoin de ranimer son rêve
Aux vives sources des vallons,

Au bruit des flots, à l'air des cîmes, à la sève
    Des bois, des fleurs et des sillons!

— Et ces flots de parfums, d'air libre, de lumière,
    Sur ton cœur, sur ton front serein,
Doucement épanchés, caressent ta paupière,
    Et d'extase gonflent ton sein.
Tu marches; un oiseau voltige dans les branches;
    Il est poète; il va chanter;
Il chante; et retenant ton souffle, tu te penches,
    Rival jaloux de l'imiter;
Le son meurt: son écho revivra dans ton âme!
    — Mais déjà le ciel est plus lourd;
La brise expire; l'air brûle comme une flamme;
    Voici l'orage et son bruit sourd!
L'éclair embrase au loin la forêt ténébreuse,
    Et ton œil suit avec terreur
Les rapides sillons que ce dard brillant creuse
    Dans la sinistre profondeur.
Enfin l'épaisse nue éclate; tu recueilles,
    A l'abri des chênes mouvants,

Le fracas de la foudre, et la plainte des feuilles,
Et les cris sauvages des vents.
Tout est butin pour toi, pour ta pensée avide
De ravir à tout son accord;
Et tandis que nos cœurs s'affaissent dans le vide,
Tu tentes un plus haut essor.

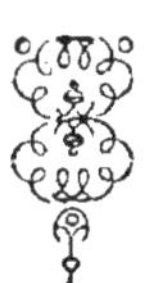

POÉSIES DIVERSES.

[illegible]

[illegible]

[illegible]

[illegible]

[illegible]

[illegible]

[illegible]

[illegible]

POÉSIES DIVERSES.

TABLEAUX FLAMANDS.

Certain hiver dans une ferme
J'ai vécu rustique et pensif;
Quand le jour touchait à son terme,
Arrivait tout un peuple actif.

Hardis blondins, rieuses blondes
Se pressaient autour du foyer;
Je crois dans leurs bruyantes rondes
Les voir encor se coudoyer.

Le sarment pétillait dans l'âtre ;
Et bientôt le cercle frileux,
Léché par la flamme rougeâtre,
Se reculait à qui mieux mieux.

Décrochant de la crémaillère
Le lourd poids du souper commun,
La rude main de la fermière
Servait même part à chacun.

Parfois on frappait à la porte.
C'était quelque pauvre engourdi,
Qu'on le connût ou non, n'importe :
Il s'en allait ragaillardi.

Le repas fait, toute la troupe
Se dispersait en folâtrant.
Dans l'âtre alors restait un groupe
Digne du pinceau de Rembrandt :

— Le fils voûté de la fermière,
Grand et taciturne fumeur,

Mais que parfois un pot de bière
Mettait en plus aimable humeur ;

Un vieux chat noir sur une chaise,
Dont les yeux brillaient d'autant plus
Qu'au foyer s'éteignant la braise
Rendait tous les objets confus ;

Dans un coin l'hôtesse muette
Dont un bizarre clair-obscur
Peignait la vague silhouette
Longue et tremblante sur le mur.

Quand la grêle et les vents sauvages
Heurtaient le gémissant carreau,
Epiant ces mornes visages
Je parlais d'un malheur nouveau,

D'un sort jeté par la sorcière
Du val noir ou du saule blanc,
— Vers la porte alors la fermière
Tournait un œil étincelant ;

Si, par hasard, à l'instant même,
Quelque dogue importun hurlait,
La vieille sur sa face blême
Se signait de son chapelet.

Mais lorsque l'on fauchait les herbes,
Au retour des blondes saisons,
Quel bonheur de nouer les gerbes
Et de mettre en tas les moissons!

Plus tôt que le coq et l'aurore
Chacun s'éveillait et chantait:
— Honte à qui sommeillait encore
Quand l'essaim matinal partait!

Le tranchant des faux murmurantes,
Scintillant d'un éclat vermeil,
Jonchait les plaines odorantes,
D'épis qui fumaient au soleil.

Souvent une pauvre alouette,
Au bruit croissant du moissonneur,

Quittait sa couvée inquiète,
Et chantait au ciel sa douleur.

La main des brunes jeunes filles
Dressait les gerbes en faisceaux
Où dansaient de joyeux quadrilles
Aux rares instants du repos.

Le soir, traversant les villages,
Les lourds chars criaient sous leur poids;
Du sommet couvert de feuillages
S'échappait un concert de voix.

O vrai trésor des mœurs champêtres!
Plaisirs naïfs des laboureurs!
Royauté plus douce des maîtres!
Destin moins dur des serviteurs!

Rendre son âme familière
Aux soupirs des bois et des eaux,
Et l'envoyer comme écolière
Parmi les fleurs et les oiseaux;

Vieillir, quoique toujours robuste,
Comme ce haut et fort tilleul
Que l'on planta jadis arbuste
Et qui lui même est un aïeul;

Mourir enfin un soir d'automne,
Sous un rayon plus pâlissant
De cette saison monotone
Que l'on préfère en vieillissant;

Voilà mon seul vœu de Poète
Et de cœur modeste et fervent :
— Je vois déjà ma maisonnette
S'ouvrir du côté du Levant;

J'entends déjà dans la bruyère
Le frais gazouillis des oiseaux,
Et je sens l'odeur printanière
De l'aubépine des hameaux.

DEUIL AU PRINTEMPS.

LA MUSE.

Comme un cygne inquiet de voir se troubler l'onde
Où se berçait jadis son image profonde,
Je plonge avec effroi mon regard dans ton cœur
Qui ne réfléchit plus mon sourire rêveur.
La tristesse, ombre noire et qu'en vain mon œil creuse,
A chassé de ton sein mon ombre lumineuse.
Parfois doutant encore (heureuse de douter !)
Qu'il soit fermé pour moi, je m'essaye à chanter,
Dans l'espoir que ce cœur, qui sommeille peut être,
Va s'ouvrir à ma voix facile à reconnaître.

Inutiles efforts ! Tu reste morne et sourd
Aux cris, même aux baisers de mon craintif amour.
Ou cet amour te lasse, ou tu n'en es plus digne :
Adieu ! quand l'eau se trouble, au loin s'enfuit le cygne.

LE POÈTE.

Oh ! ne me laisse point ainsi,
Muse bienfaisante et cruelle !
Mon pauvre cœur est obscurci,
Mais il ne t'est pas infidèle :
Il est obscurci par le deuil.
Comme une hirondelle orpheline,
Vainement autour d'un cercueil
Mon âme gémit et s'incline.

LA MUSE.

Je le savais, ami ; quoique fille du ciel,
Je connais les douleurs de ton exil mortel.
Si j'ai forcé ta lèvre à rompre le silence,
C'est pour te consoler par des mots d'espérance.

Ouvre-moi donc ce cœur que je vois soupirer :
J'ai besoin de te plaindre, hélas! et de pleurer.

LE POÈTE.

Jadis ton lait pur, ô nourrice!
Humecta mes lèvres d'enfant ;
Plus tard, ô douce institutrice!
Pour les rendre souples au chant
Tu les frottas d'un miel propice ;
— Et tu viens, ô consolatrice!
Pleurer avec ton vieil enfant.

LA MUSE.

Oui je pleure, et pourtant, timide et faible femme,
Je veux pieusement fortifier ton âme.
La mort à nos amours ouvre, hélas! un tombeau,
Mais ce tombeau du corps est pour l'âme un berceau.
— Qui doit plus réjouir l'ombre de ceux qui meurent,
Ou les cœurs abattus qui sans trêve les pleurent,
Ou ceux, mieux inspirés, dont l'héroïque effort

Par une noble vie honore un noble mort?
Et toi, Poète jeune et déjà taciturne,
Penses-tu qu'en scellant sur un tombeau ton urne,
L'urne des chants divins faite pour embaumer,
Tu seras plus pieux qu'en la laissant fumer?
Crois-moi, reprends ton luth mouillé d'un pleur fidèle,
Et voue à l'Espérance une corde nouvelle.

LE POÈTE.

Quand l'arbuste, au printems si vert,
Si mélodieux sous la brise
Se glace aux baisers de l'hiver
Dont l'aile pesante le brise;
Le son qui de ses flancs meurtris
Sort, même sous la molle étreinte,
Et l'haleine des mois fleuris,
N'est plus un chant, mais une plainte.

LA MUSE.

L'arbuste, ton image, éprouve un sort meilleur.

Si l'hiver l'a blessé, n'a-t-il pas sa jeunesse?
Si sa tige languit, n'a-t-il pas l'émondeur
Dont la savante main le taille avec adresse
Et fait monter la sève encor vivante au cœur?
N'a-t-il plus le soleil, n'a-t-il plus les rosées
Qui descendent du ciel sur les tiges brisées,
Et qui doivent, un jour, pour des concerts nouveaux,
Sous un nouvel ombrage assembler les oiseaux?
— Le cœur brisé de l'homme est semblable à l'arbuste,
Poète, et c'est ainsi que ton symbole est juste.

LE POÈTE.

Essuyez donc aussi mes pleurs,
Rayons qui séchez les rosées!
Brises qui ranimez les fleurs,
Ranimez aussi mes pensées.
Et toi, que nul n'invoque en vain,
O mère commune, ô nature!
Prends ton baume le plus divin
Et verse-le sur ma blessure:

— Elle est profonde. — Souviens-toi
Que, depuis mon aube enchantée,
D'un luth pieux je t'ai chantée !
Souviens-t-en, mère, et guéris-moi !

COLIBRI.

Pourquoi des poèmes si courts?
— Demandez-moi plutôt la cause
Qui rend si courtes les amours,
Et fait sitôt pâlir la rose!

Vous admirez un réseau d'or
Où mainte perle est enchassée;
Moi, j'admire bien plus encor
Une humble goutte de rosée.

L'azur tout ruisselant de feux
M'éblouit moins qu'il ne me charme ;
Je rêve devant deux beaux yeux
Où je vois trembler une larme.

LA VIEILLE.

Humble toit blanchissant dans le vallon désert,
De quel linceul glacé t'a revêtu l'hiver!
Ta vitre qui luisait est terne, et ta fenêtre
Ne s'ouvre plus. — La vieille est défunte peut-être,
La vieille qui, dès l'aube, assise à son rouet,
Répétait un vieil air tandis qu'elle filait.
D'où vient qu'elle m'alarme, hélas! la maisonnette
Autrefois si bruyante, aujourd'hui si muette!
D'où vient que dans la neige, à quelques pas du seuil
S'abattent deux corbeaux, noirs messagers de deuil?

— Merci, mon Dieu! voici qu'un jet fumeux s'élance
Du chaume qui revit et me rend l'espérance :
La vieille était sans doute à rallumer son bois,
Et je vais la revoir chauffant ses maigres doigts.

TRENTE ANS.

Si cette vie est un voyage,
L'âge de l'homme est le chemin
Qui, toujours plus pauvre d'ombrage,
Le conduit au but trop certain.

— Figure usée! et j'imagine
Qu'un moderne dirait bien mieux :
Cette vie est une colline
Qu'on descend jeune et monte vieux.

Sur les versants l'herbe est si verte!
Tant de fleurs cachent les ravins!

Comment à l'Espérance offerte
Ne pas tendre l'âme et les mains?

On s'élance ou plutôt l'on vole;
On veut tout aimer, tout cueillir :
Jeunesse, ô moissonneuse folle!
Trop d'ardeur te ferait mourir....

Mais qui peut dire à l'alouette
Que sa voix trahira son nid?
Qui peut empêcher le poète
De chanter son rêve infini?

Qui peut arrêter la jeunesse
Sur le doux penchant du désir?
Hélas! l'impuissante vieillesse
Est seule incrédule au plaisir.

L'homme descend donc la colline
Toujours avide et jamais las

Jusqu'à l'heure où, l'âme chagrine,
Il s'aperçoit qu'il est au bas.

Alors il compare et regrette.
Il songe aux rameaux oubliés
Maintenant si loin de sa tête
Et jadis si verts sous ses pieds!

D'un regard inquiet et morne
Il sonde alentour l'horizon :
L'horizon alentour se borne;
L'idéal n'est plus de saison.

Il faut remonter la montagne
Les pieds en sang, le front en eau,
Avec la raison pour compagne
Et le souvenir pour flambeau.

Il faut désormais à chaque arbre
Cueillir des fruits et non des fleurs,

Il faut se faire un cœur de marbre
Et sécher dans ses yeux les pleurs.

L'homme ainsi se juge lui-même
Tourné vers ses beaux jours fuyans,
Quand l'heure importune et suprême
Vient l'avertir qu'il a trente ans.

Ce chant ou plutôt cette plainte
A la Jeunesse est mon adieu :
— Blonde muse, encore une étreinte!
Et maintenant revole à Dieu.

Mon cœur que délaisse le charme
Sent déjà le froid des hivers :
J'ai puisé ma dernière larme
Pour écrire ces derniers vers.

LES HEURES.

à Madame Philarète Chasles.

Nous nous donnons la main et passons tour-à-tour
Apportant le travail et le repos du jour,
Et rivant un anneau de notre longue chaîne
Aux labeurs si divers de la journée humaine.
Chacune a son empire et règne en liberté :
L'une excite du corps l'ardente activité,
L'autre, Muse vestale, attise en paix la flamme
Des efforts de l'esprit et des rêves de l'âme ;
L'autre verse aux douleurs les ombres du sommeil ;

L'autre épand la rosée et charme le réveil;
Et chacune est rivale et toutes sont unies,
Et nous sommes pour l'homme autant de bons génies.
Toujours pour ceux qu'enflamme un espoir créateur
L'une de nous luira, génie inspirateur;
Et l'esprit dont Socrate, au moment du supplice,
S'illumina soudain, était l'heure propice.

O Poète! sois donc aux heures attentif;
L'une te dira : Rêve! et l'autre : Sois actif!
Repos et mouvement, c'est l'ordre du génie;
Les Heures aiment l'ordre, et l'ordre est harmonie.

LE SOIR.

à Madame Th. Gréterin.

Sans doute là dans l'âtre
Est un humble foyer
Que la main d'un vieux pâtre
Attise et fait briller.

Quelques pauvres racines
Que sa main glane aux champs,
Quelques touffes d'épines
Donnent aux feux des chants.

Il regarde la cendre
Qui s'amasse toujours
Et paraît redescendre
La pente de ses jours.

Il pense à tous les charmes
De sa jeunesse d'or,
Et quelques douces larmes
Mouillent ses yeux encor.

La lampe éclaire celle
Qui le soutient — hélas!
Quand son âme chancelle
Ou que faiblit son pas.

Près d'elle un couple brille —
Une fille, un garçon :
— L'espoir de la famille!
— La fleur de la maison!

Là, ces deux têtes blondes

Qu'un livre réunit,
Mêlent leurs douces ondes
Que la vieille bénit.

Et, sur la cheminée,
Le Dieu du crucifix,
Qui voit l'âme enchaînée
Des charmants petit-fils,

Semble sous les épines
Ne plus souffrir autant
— Et ses larmes divines
Tarissent un instant.

LA MUSE BOCAGÈRE.

à M. Sainte-Beuve.

Je me souviens toujours de ce premier baiser
Que sur mes blonds cheveux, Muse, tu vins poser;
C'était au mois des fleurs : sur ta joue éclatante
Ta main blanche essuyait la rosée odorante.
Une autre fois encor tu daignas me parler,
Et mes yeux éblouis n'osaient te contempler.
C'était lorsque la neige efface dans la plaine
Tout vestige de fleurs et toute trace humaine :
Tes beaux doigts dénouaient une gerbe d'épis

Que de maigres oiseaux emportaient dans leurs nids.
« Je suis, murmuras-tu, la Muse bocagère;
J'habite un frais palais de mousse et de fougère.
Le soleil en été, la rosée au printemps,
Y sèment tour à tour l'or et les diamants;
Ces oiseaux dont, l'hiver, mon amour s'inquiète,
Me ramènent avril et chantent sur ma tête.
Veux-tu m'aimer? veux-tu renfermer tes désirs
Dans le cercle naïf des champêtres plaisirs?
Je deviendrai ta sœur, et mon accent rustique
T'enseignera des airs de muse bucolique :
Théocrite n'a point tari le miel sacré,
Et j'en sais qu'ignora même le doux André. »

TABLEAU DANS LE GOUT DE L'ALBANE.

à Madame Vanackere.

Trois enfants, dont l'Albane eût croqué les visages,
Sur le bord de la mer glanaient des coquillages.
— Ah! pourquoi n'ai-je pas le pinceau doux et frais
Dont ce peintre suave eût ébauché leurs traits!
Ils sautaient, s'arrêtaient et, groupe insaisissable,
Se déplaçaient sans cesse et grattaient dans le sable.
Une femme était là qui les couvait de l'œil :
On devinait la mère à son naïf orgueil.
Chaque fois que l'un d'eux capturait une proie,

Il accourait vers elle avec des cris de joie,
Plus fier, plus triomphant de son mince butin,
Qu'après une victoire un empereur romain.

La mère déposait, gardienne fidèle,
Dans l'un des trois mouchoirs étendus devant elle
L'importante trouvaille — et priait le vainqueur
De ne point s'enrhumer par un excès d'ardeur.
Pourtant le plus petit de la troupe chercheuse
Moins que ses deux aînés avait la main heureuse;
La mère s'aperçut de son stérile effort
Et voulut réparer l'injustice du sort :
D'un pas furtif et prompt elle alla sur la plage
Poser près de l'enfant un brillant coquillage,
Tel qu'en ces lieux jamais n'en apporte le flot;
Un bond la ramena près du triple dépôt.

Puis voici que soudain — souvenir plein de charme!
— Notre blond chérubin, dont l'œil roule une larme,
Se tourne, et vaguement regarde vers le bord
Où sa mère a placé le précieux trésor :

— Il le voit, et plus vif qu'une jeune gazelle,
Saute sur la coquille et s'enfuit avec elle.
Quels cris de fête alors et quel tableau charmant!
— Ah! si j'avais été l'Albane en ce moment!

ADIEU A LA MUSE.

Adieu, l'heure et venue, adieu, ma blonde muse,
Mes premières amours et mes premiers regrets;
Adieu, ton cœur est pur : malheur à qui l'abuse!
Et le mien t'aima trop pour t'abuser jamais.
Adieu : ton aile jeune aspire à plus d'espàce,
Fière de se risquer dans le ciel étoilé;
La mienne sur le sol gît languissante et lasse,
Et son duvet de neige aux vents s'est envolé.
J'ai vieilli — c'est le sort! Mais toi, jeune Déesse,
O Déesse immortelle! il te faut pour amant
Un beau front radieux couronné de jeunesse,

Un cœur plein qui déborde à chaque battement;
Fuis donc loin de ce cœur où la jeunesse est morte;
Sois libre et fuis. — La vie a d'invincibles lois :
La sagesse et l'espoir par une même porte
Y viennent tour à tour mais jamais à la fois.
La sagesse a chassé de mon cœur taciturne
Ces hôtes trop bruyants qui l'effrayaient jadis,
Les désirs écumants comme un nectar dans l'urne,
Et plus vifs que l'abeille au sein vierge des lis.
La prudence au pas lent, à la voix contenue,
Est aujourd'hui ma sœur et me donne la main;
Vainement tu voudrais m'entraîner dans la nue,
Je dois à pas comptés suivre un obscur chemin.
Adieu donc, mais sans pleurs, sans reproche et sans plainte
Vulgaire dénoûment des vulgaires amours :
De nos joyeux printemps si la flamme est éteinte,
Le souvenir pieux en survivra toujours!
J'aurais pu, comme un autre, à ta candeur sacrée
Mentir, ô blonde Muse! et, trop indigne amant,
Avide des baisers de ta lèvre adorée,
Pour les cueillir encor, me farder lâchement;

Mais ce rôle imposteur eût souillé ma tendresse :
Je préfère te perdre et ne te pas tromper.
— Honte à qui d'un mensonge achète une caresse
Et qui, trop faible cœur, hésite à se frapper !
Vérité, vérité, sainte pudeur de l'âme,
Seule vertu de l'homme et seul rayon de Dieu,
Je te sens dans mon cœur brûler comme une flamme
Et ranimer ces vers attristés par l'adieu !
Sois désormais ma force et ma Muse suprême,
Noble et dernier amour digne d'être chanté !
Je te serai constant, car pour le cœur qui t'aime
L'âge n'a pas de glace, ô chaste vérité !

FIN.

BIBLIOTHÈQUE ROYALE
1

TABLE.

FIN DE LA TABLE.

www.ingramcontent.com/pod-product-compliance
Ingram Content Group UK Ltd.
Pitfield, Milton Keynes, MK11 3LW, UK
UKHW012241240726
13966UKWH00003B/1220